空へ

境節

思潮社

空へ　境節

カット＝著者、装幀＝思潮社装幀室

空へ

境節

はるかな

小学生のとき
今は外国になった校庭で皆既日蝕を見た
ガラス板にススをつけたので
そのためか空を見るのが習慣のように
児島の澄んだ夜空を眺め
皆既月蝕が薄雲さえなく見られた
満月から少しずつ欠けていくのを
星々がそのまわりをかこんで

輝きをましていく
あか茶色の透明感のある皆既月蝕だ
何度も旅立った
こどもの頃の記憶が
皆既日蝕から浮かんでくる
わめくほど泣いたことはなかった
ころげまわるほど笑ったことも
いったい何だったのだろうか
都会のけんそうから遠くはなれ
田舎にあるやりきれなさは
流れるような曲線で
飛ぶトンボや蝶、鳥の姿で救われている
無意識の力をかりて
自然に生きたいなんて

偶然で
危ういくらしを生きて
忘れられない意識が
不意に立ちあがってくる

浮いて

空からヨーロッパアルプスを見た日
現実が夢のように思えた
チューリッヒについて　足が浮いているようだ
国際列車でイタリアへ入るまで
「ああ　スイス」だった
大原美術館で見た画家セガンティーニの
世界へ入っていくきもち
まぶしい光をうけて

初夏のなかを走る
旅立つことのふしぎを
幼年期に経験して
素朴なくらしから
大都会のけんそうのなか
今は静かな平穏を祈っているが
沈まないいきもちがたかまる
かすみや霧に閉ざされても
晴れる日を待っているのだ
組みあわされて
模索される時間
のぞみや　あこがれが
逆光のなかでとぎすまされて

立ちすくむ

あのころは
とは　言いたくない
けれど　あのころがたしかにあった
大阪万博を見て歩き疲れたからだで
天王寺の美術館にいったのだ
ベン・シャーンの描いた第五福竜丸
ラッキードラゴンの絵を見るために
ビキニで水爆実験をし

その被害を受けた船や
乗組員たちを　どうしても知りたくて
放射能でなくなった人の墓に
白い菊が供えられ——
生命のはかなさの前で立ちすくむ
ガンの後遺症だったのだろう
寿命を縮めた乗組員たち
地底で働いていた鉱山労働者のことも
気にかかっている
闇からわずかな光を求めて
生きることの魅力を探している
切羽（せっぱ）つまるという言葉
鉱山の切羽（きりは）
経済の急激な展開から

説明のつかないことがらとなる
今をかかえて
なにも頓着なく生きてきた
請求書が突き出されている
全貌を鮮明にして
計算も試算もできない
数値があきらかになってくる
何もない大きい白紙の上に
浮かぶものを
幻を見るようにして
描いていく日常となる

まぶしく

木々の枝が細かくふるえて
なぜかむねに　ささるようだ
するどくハミ出していく線描のように
いきおいをもってするどく迫ってくる
行方知れずのこころもとなさで
地面を歩く
強烈な光とせんさいな音のあいだを
戦争はまだ終わっていなかったのか

光があふれて
その上を鳥が飛び越していく
大空を
まぶしくみつめる
ダイナミックな変化が　からだをついばむ
鉄のかたまりが空からふってこないだろうか
光のなかに存在しているものとして
白と黒の世界から脱皮していく

旅

運ばれた多くの荷物を
どこに捨てるのだろう
無一文になって歩いているのか
ふしぎな音がきこえ
やがて音楽のように
リズムが激しくなってくる
ふさがっている気持ちが放たれて
また山に登りたい

足もとに気をつけて
一歩ずつでもあるけるほどの
勇気があったなんて
おどけるしぐさで自分をなぐさめている
早々と片づけたがっていた
多くのことがらを　しばらく忘れて
人生の後半になって
難しい数式が届く
解答はあるのだろうか
少なくない謎を残して
多くの人が旅立っていく

ただよう

漆黒の画面のなかから
やがて青い模様があらわれて
ルリ色や　白　あかるさをおびて
オーロラに包まれるような
きもちで動いていく
ものがたりの世界が
眼前に迫ってくる
抽象とリアリズムのあいまを

舟でただよう
曲線と直線を進んでいるので
からだが不安定にゆれている
対比のきめられない目標が
どっしりと請求書に転換されて
小さないきものでしかない自覚を
ともなって重くなる
たすけてください
声に出さない呪文をとなえて
陸にあがる
人々がゆきかい　ようやく
大きく息をして歩く
ターナーの水彩画のような
風景を歩きはじめる

ためされて

多くの詩を書いて
少なくないものを失ったのか
まだ詩は書ききれていない
失うものもこれからふえるだろう
少しずつきもちがないで
逃げた小鳥の数を知る
まっくらな背景を
のぞきこんでしまう

孤独の後姿を知っているのか
鉛筆をけずって
デッサンからはじまるような
生き方がためされている
長い間　ふかい闇をかかえていることを
知らなかったのだろう
細密な描写で描いていこうか
耳をすまして風や　虫　鳥の声を
きいている
せせらぎの音さえ
遠くからきこえてくる
荒々しいほりあとを残して

あの夏の

足がとまってしまう
あの夏のあしあとを　さがすことは
はるかな　ここをさがして
たどりつけるだろうか
あの夏の記憶に
不意にやってきたと思えるほどの
エネルギーを拡散して
どこまでも続く疲労のあとが

果てるまで　生きるのだ
と　そそのかしている
大陸から続く半島の今は
十三さいの夏　異国で日本の敗戦を知る
もう手の届かないほどの距離を歩く
その日から半世紀以上を生きて
あの夏が　わたしのジシン・ツナミだったことを知る
敗戦直後　近くの学校にアメリカ兵たちが
やってきた
低空で数多くの飛行機が轟音をたてる
ジープが地上を走る
こどもたちが「ハロー　チューインガム」
「ギブミー　チョコレート」と叫ぶ
バラまかれるガムやチョコレート

拾った男の子がチョコレートを一つくれる
やがて日本人が人形や着物を
路上でアメリカ兵に売りはじめる
会社で働いていた現地の人たちが
毎日おしよせてくる
あわただしい引き揚げがはじまる
「さようなら」もいえずに別れた
街や友の姿を
おびただしい記憶のなかに
さがして

夢の

シネマスコープのような海面を
魚になって泳いでいく
ナガセ先生が夢のなかで
何回も何十回も姿をあらわし
考えるしぐさで坐っておられた
生家の保存がすすみ　その家で
詩の朗読や音楽も流れて
安心なさったのだろうか

夢から遠ざかり
まだ生きているものは
現実のきびしさに直面してしまう
すっかりあわてているが
時間がますます失われ
途方もないのだ
ふいに大陸の夕陽を思い出す
こんなに遠くへ運ばれて
いくさに破れた土地が
たちまち異郷となった日々
風に飛ばされた幼い日の
なつかしい記憶たち
おどるようなススキの穂波
からだが反応していく

まだ走れるか
スピードなど考えず

よぎる

生きているものが失われていく
滝のように
失われたとおもっていた　かたちが
ふたたびあらわれて
幻となる
おだやかな日常が　おびやかされている
世界の果てまで
ひきずりこまれるような不安がよぎる

いくつもの滝を見てきた
滝壺におちていく水の多さ
天へのびる樹々
とりとめもない　ことばが流れ
かすかな傷あとをさがしている
なぞがふえて
足もとさえ危うくなっていく
自然のなかにくらして
祈り続ける日々
強い個性がうばわれて
滝の轟音の下に立って
逆さまな光が
リアルに迫ってくる

空を

戦闘の影にいて
多くの無名の人々が倒れていく
戦争はまだはじまったばかりだったか
ひとを演じている錯覚におちいる
一瞬　空を見あげる
かけちがったまま生きてしまった
大切なものが手から落ち続ける
迷うことなく歩く人たちの群れ

極限のなかをさまようきもちをかかえて
あかねいろの空をめがけて歩くしかない
最前線から遠く離れて
ざわめきがきこえる
傷ついた多くの人々
忘れられない記憶がかさなって

影さえ

爆弾が落ちた跡に
大きな池ができたと平然と語る人は
もう　今はいないか
散華された人の絵が遺されている
大きな悲劇のさなかに
やがて喜劇がかった世界が現出する
寒さのきびしい冬を生きのびて
おだやかな陽がようやく届く

なくなった多くの人たちのなかに
知った人々がふえ続ける
全身があかくただれて
少しずつ植えた木々が大きく育って
自生の夏ミカンもたくさんの実をつけた
炎上するものも
ふたしかなものも
影さえ失っていく

一輪の

一瞬でこころをうばわれた
ひとふさのぶどうが重くぶらさがっている
赤い丸が目の前に迫ってきた
あざやかすぎる色彩にとまどう
忘れさられた多くの人々の上に立たされて
ここまで来てしまった
はじめてのことに遭遇して息づまる
自分の価値観が

わからなくなる
想定外の出来事が日々に起こって
足もとさえ危うくなるのだ
一輪の花をたずさえて　歩いていこう
のぞむことは静かな世界
奇想天外な世界がすでに現出している
なかにいて

知らされて

馬の顔を幼い目がとらえる
父といった牧場
大きくなったら乗りたいと考えていた
一度も乗っていない馬の姿を
美しい　とおもう
彫刻をしている友が
あんな馬を競走に使うなんて
と　いったことがある

眠くなったのか　足をうごかす
なにから　のがれようとしていたのか
いつも走っていた
幼年期はヒザにすりむいたあとが続く
野原に小さな花が咲き
静かにゆれている午後
原生林のなかに入っていく
やせているきもちが少しずつ楽になる
冷たく光っているものを
いつのまにかさがしている
きびしい自然現象を
まざまざと晩年に知らされて
たくさんの食物を
もとめて急ぐのだ

波動が

兵士はなにをみたか
こおりついた　なみだ
すべては遠い　たしかな記憶
歳月はながれ　またもくり返す
おろかな予兆
大きな響きもなく
たかい波動が起きてくる
はりめぐらされた鉄条網

なぜ　そんな言葉を
何本もからだにささる針金をおもう
ほそい月が出ている
くろぐろとした樹木
少しあかるい平原にそって歩こう
トボトボとして

一瞬を

大型船に乗って
移動した幼年時代
幾度も船で渡った玄海灘
ゆれ続けた時代の波が
老年に入りくり返し　映像となる
いくさのなかでも　あかるい夢もあり
現実にも　たのしいときがあるのだった
こするように　けずっていく時間が

なだれこむ
陰影はあやしく　たよりなくもあるが
こうした日々を乗せて
誰のものでもない時がたっていく
心象の　こどもの世界が　われていく
光と影にかこまれて
一瞬を
とぎすます

まねかれて

あざやかな
色彩をしりぞけて土偶を見ている
かげでささえている多くの人々の上に
生きている
現実はいつもきびしかったのに
気づかずに　無邪気にくらした日々
はじめて出会う風景のように
こころにきざみこんでいく

建物が変形して
歩くことに注意しなくては
ゆがんだはしごが立てかけられて
まねかれているようだ
作業服の人々が働いている
印象に残った多くの思い出を
しばらく忘れて　今をいく
だまって仕事をしている人々
陽ざしは強くなにかが変わっていく
誕生する星々を
ゆめみる

空へ

薄雲の大空の
彼方へ
招かれているのだろうか
白寿の画家は
凜としたすずやかな
魂のように
みちびかれていく
住居(すまい)は下方に小さく描かれて

白梅がかすかな風情で
咲いている
この絵を見た友は
しばらく考えこんでいる
病(やまい)をかかえて
夫のさいごのみとりをしたあとに
たどりついた
空へ

雪

むかし
雪を見たいとねがって
北へいった
翌日　温暖な児島に雪が降った
ことしも同じきもちになって
ハガキにも書いた
何十年ぶりかの積雪になる
もう　いいよ

そんなに降らなくても
と　勝手なことをいっている
零下二十度の冬　都会でくらした幼年期
冬が好きだった
校庭に水をまいてスケート場になった場所で
はしゃいでいた
戦争の時代を海から遠くはなれて
今は
海に近くなったが
海辺に住んでいた同年の友が逝き
重ねられた月日も　ものがたりとなる
生きるタイトルは　いまだきまらず
雪を見ている

追いかけて

ぼんやりとした夕ぐれだ
数日前　夕陽があかく　大きく
龍王山の端に　沈んでいくのを見た
あの山に女学生のとき農作業にいった
戦争が終わったあとも数年続く
とれたさつま芋
学校の実習で芋ぜんざいを作った
説明のつかないおいしさを

今は　おもう
なんにもなくて　たくさんあった
見えてくる世界は広かった
なにを見ていたのだろう
ただ　なにかがたりなかった
こどものとき　たくさんのミイラを
都会の地下室で見ている
自然のなかで　ただ　不自然なくらしを
あらたな造形が目前に寄ってくる
おもいは伝わらず
手放すことがふえていく
木っ端ミジンに消えたものを
追いかけて

なんだろう

ぶきみなアートを見ている
根底からくつがえされる
奥深くひそんでいるものを
ひきだし　めまいがする
カギはあるか
古いものたちがミソギをうけている
なにをかたれるだろう
自信がますます失われ

危うい晩年を迎えて
ウェルカム
とじられたとびらがひらいていく
くわしいことはなにひとつ　わからず
立ちつくしているのだ
かたりかけてくるものたち
見えるだけのもので
くらすな
キャンベル・アート
缶づめが並んでいる
ハートをすてて
ここまでこられるか
ふかよみをやめて
にじんだ線が無数にはしり

生きていることだけが
うかんでいく
かすんでいる広がりのなかを

声を

白い雨が降る
スネーキーな道　山々を抜ける
ドライバーは見えるのか
対向車もなく山腹のホテルに着く
太平洋が窓から見える
岩に波頭があがる
夜中は風雨が激しく
なかなか眠れない

はじめてバス・ツアーで出会った四人が
テレビも見ないで　静かに眠りに入っていく
早朝の海を窓から眺める
岩の姿はなく海面は荒れている
激しく飛び散る波
記憶さえ抽象となる
四国最南端三十八番札所に着く
雨に濡れた道を登っていく
補陀落渡海の霊地　足摺金剛福寺
底しれないおもいを捨てて歩く
たいまつをあげて
野性にかえるきもちを
声をあらげて
叫びたくなる

超えて

影絵のような
少女が歩いていく
くらやみを抱くようにして
時は　しばらく止まっている
ありふれた日常を捨てて
ギリギリ変わっていく印象を残して
少女は去った
空気をとめていた

あり得ない時間
なつかしい荷車が通る
そのあとは　闇
現実を超えて
影が　わたしを
追い抜いていく

しばらく

はしごのような階段を上って
久しぶりに納屋を見る
想像どおりのクモの巣
雨の少ない児島で
塩田があったむかしの思い出がうかぶ
今は気候の変化で風雨がふえ
クモもふえている
蛾もドキッとするような

美しいのが　たまに目の前をよぎる
しばられない　自由と不自由
リアルな椿を　しばらく眺めて
出かけるのだ

旅へ

古い使いずみの切手を
自由にとってヒモにつけてみて下さい
美術館で見ている現代アート
参加するのもアートなきもち
かがむのはヒザにくるのだが
雨が降る
いろいろな雨の記憶
どしゃぶりのなかを

低い山から降りた若い日
ちぢむおもいなど知らなかったから
なにも　こわくはなかった
今は
知ることのふかさに　たじろぐ
まだ未知の旅へ

会いにいく

ムーミン・パパに　会いにきた
ムーミン谷にあらしが吹いて
ようやくたどりついた長い旅
高校司書だったとき　生徒が
国語の先生をムーミン・パパと呼んでいた
ムーミン・パパはステッキを持って立っていた
ムーミン・ママはハンド・バッグですましている
ムーミンはいろいろな体験を重ねて

じゃこうネズミやふしぎな友と
冒険の旅に出る
作者トーベ・ヤンソンの哲学に出会う
好奇心のある限り動いて
地球に住んでいるものの
不安と事件を考慮にいれても

距離

アレルギーの薬はのんでいないのだが
鼻がピクピクして落ちつかないので
土にさわる
深夜にめざめて　なかなかねむれなかった
疲れているが
自然にいやされている
たべるものはいつでも
たいてい消化しているのだ

局地的に激しい雨のニュースが
日本各地でおきている
給水制限二十五%という
ロスの友人のことばがうかぶ
およそ　かけはなれたくらしの　なかで
ふつうに　ないものが目に入ってくる
近づけない距離を　はかろうとする
ことばが　遠くへ
とんでいく

さそって

城を見る
こどものとき大きな建物は見た
しみじみと城を眺めるなんて
どうしたの？
誰かが笑ってすぎる
生きることが　少しくるしくなったのか
すいこまれるような空
まれな日に城を見る

透明なものばかりでは
生きられないよ
つやつやとした草花が
さそってくる
このいなかに　雀がいなくなる
原爆資料館がある都市で
とんでいた雀たち
なぜか　なつかしい
月や星をよく見ていた
こどものとき
今　なにをさがしている

知らずに

わたしはけもののように
自由だった
と　たよりが届く
幼少期を戦前の台湾ですごした
年上の詩友から
わたしもそうだったのだろう
と　幼くして渡った京城（現・ソウル）の
くらしを　わくように思い出す

こどもだったので　なにも深く考えず
その時代が　音楽のように　絵画のように
きこえ　見えてくる
パッと反転する敗戦に遭遇するとは知らず
今も　まだ多くを知らずに
老いの坂を眺めて

さがして

生きるということは
生卵の中空に
穴をあけることでは　ないだろうか
足をひきずりながら
見なれぬ土地をさがしにいく

手をあげて

引き揚げたあとの
いなかのくらしに　なかなか　なじめなかった
庭に納涼台を祖父が作ったり
板台を出して西瓜を食べたりしたのは
たのしかった
忘れたことは　たくさんあったのに
忘れたらいいことを　いつもかかえて
としを重ねる

湿気の多い土地に住んで
つねにかわいた都市に
移動したいきもちをかかえていたが
いつのまにか　いなかのひとになる
いろいろなお茶をのんで
すっかりなじんだくらしを　少したのしむ
折々の仕事をかかえて　人々が通りすぎる
つねに手をあげて
まだ　なにかを　つかまえたいと
ねがいながら

とべ

遺跡に立って
古代人の顔が浮かぶ
スケッチのために外によく出た
十代の頃
いつもなにかにつき動されていた
下から眺めることもあった
山の姿
美しいものを　つねに

自然のなかでさがしている
移り続ける大気
震動のような形を描きたい
ものさしではかるように
人生があるのではないから
ゆきづまりも　そのまま
動いていく
時間の基準に
そむいて生きてもいい
と　おもえるところまで
とべ

さがさないで

ものおもいを　しなくなったのか
簡潔なことばで　日常がすぎる
とてもよく似た顔がうかぶ
励ましているのか
励まされているのか　わからなくなる
視力を失った友の顔が
いくたびもうかぶ
耳もきこえづらい友なので

生きることが苦しくなっていく
問われ続ける生きる意味
もう　いいよ
なにもさがさないで
友のなみだ
つめたい細い手が
さしだされて

そそぐ

短い生涯になにがあったのか
ふかいおもいを
傷つけずに生きられたら
年のはじめ　ゆめをよく見る
市内電車の道を
こども数人と　うしろにおとなが一人
はうように地面に手をついて
ゆっくり動いていく

ふしぎなゆめが
からだに入る
人間のかなしさに　自由をそそぐ
のぞいては　いけない
やみのせかいに
まさか　みちびかれるとは
生き続けることの迷路となるか
あかるさを

つながる

歳を重ねたのか
友は恐いゆめを見るという
わたしは現実がおそろしいのか
やさしいゆめを見ている
ほろんでいくことが
はっきりしていく自覚のなかで
やんだ友がいつも呼んでいる
力強く支えていた手が

冷たく細くなっている
友へのおもいが消えずに続く
あつく脈うつものがうまれてくる
表情がやわらかくなって
一瞬がすぎる
心の底からつきあげてくる
おもいをかかえて生きようか
日々の変化のなかで
つながるなにか
形を　色を　とりかえす
ひとり残されるかもしれない予感
さいげんもない世界を　見つめていく
もやもやとした
生をぶらさげて

なぞは

見なれたものを
今日はつくづくと手にして
コップやなべを眺める日
さまざまな形を
おもい描いて笑いたくなる
小銭入れに　おつりを入れて　おき忘れ
届けてくれる店の人も笑顔なのだ
いどみたくなるきもちも

まだ残っているようなので
のびた草を刈っていく
はやばやとあきらめるな
どこからか声がして
移動した幼い日々が
原点になっているのだろうか
気にいったものばかりでは
生きられない
わかっているようで
わからなかった　としつき
感覚がさがしている
時代が次第に
息苦しくなっていく
宇宙のなぞは

ようやく　わかりかけている
沈黙のゆたかさのなかにいて

なにかが

広い大地に立って
また歩いてみたい
切ない願望のように　歳を重ねて
なつかしさが夢となる
空に雲がふえていく
足もとでなにかが蠢めく
異国の原生林を耕して
一生をすごした人のことを知る

いつでも緊張したくらしから
解放されるひとときを
きもちを投げ捨て
つかのまのよろこびがうまれる
あまくない老後にとまどっているが
それでも　まだ夢を追っていく

あとがき

時代のあしおとが、いつもきこえてくるようです。

いつまでも幼年時代や、一九四五年八月十五日の敗戦を十三さいで現ソウルで迎えたこと。引き揚げの記憶が消えず、生きて来ました。不安や夢をかかえて、歩くことと思います。

多くの詩友や同人の方々。

思潮社の小田久郎氏に感謝いたします。編集部の皆様に、心からお礼を申しあげます。

二〇一八年春　　　　　　　　　　境節

境節（さかいせつ）（本名・松本道子）

一九三二年五月二日生、詩誌「黄薔薇（きばら）」「どぅるかまら」同人

詩集

『夢へ』（「黄薔薇」社、一九七七）
『呼び出す声』（編集工房ノア、一九八三）
『ひしめくものたち』（思潮社、一九八七）
『鳥は飛んだ』（思潮社、一九九二）
『スマイル』（思潮社、一九九七）
『ソウルの空』（思潮社、二〇〇〇）
『道』（思潮社、二〇〇三）
『薔薇（ばら）の　はなびら』（思潮社、二〇〇六）
『十三さいの夏』（思潮社、二〇〇九）
『歩く』（思潮社、二〇一二）
現代詩文庫『境節詩集』（思潮社、二〇一五）

〒七一一-〇九〇七　岡山県倉敷市児島上の町四-一七-一〇
TEL　〇八六-四七二-一〇二〇

空へ

著者
境節
発行者
小田久郎
発行所
株式会社思潮社
〒一六二―〇八四二　東京都新宿区市谷砂土原町三―十五
電話〇三（三二六七）八一五三（営業）・八一四一（編集）
FAX〇三（三二六七）八一四二
印刷所
三報社印刷株式会社
製本所
小高製本工業株式会社
発行日
二〇一八年五月三十一日